Gregor Schürer

Das Krippen-Casting

Neue Geschichten für die Weihnachtszeit

Ich danke
meiner Frau Regina und
unseren Töchtern Selina und Marisa für
ihre Liebe und Geduld,
meinem Freund Jan Achtmann (J8m.de)
für das Lektorat und die Unterstützung,
meinem Fotografen Dietmar Simsheuser
für das Umschlagfoto und
den Brüdern Franz-Rudolf und Josef
Niethen aus Rech für die Bereitstellung
der Krippe samt Figuren.

Impressum

© 2019 Gregor Schürer

Herstellung und Verlag: BoD – Books on
Demand, Norderstedt

ISBN 978-3-7494-6584-2

Vorwort

Manchmal staune ich selbst, wie viele Geschichten ich schon geschrieben habe. Denn ehrlich gesagt bin ich gar nicht so fleißig. Doch seit meinem ersten Weihnachtsbuch sind tatsächlich wieder zehn Jahre vergangen. Also haben sich einige neue Texte angesammelt, die nun in diesem Büchlein erscheinen. Ergänzt werden sie durch zwei ältere Geschichten, die beim letzten Mal nicht berücksichtigt werden konnten. Und oben drauf gibt es einen nagelneuen Text. Beim Lesen werden Sie, so hoffe ich, viel zu schmunzeln und zu lachen haben. Und manches Mal wird die Lektüre Sie zum Nachdenken inspirieren. Genug der Vorrede: Machen Sie es sich gemütlich, zünden Sie eine Kerze an und los geht's.

FSC
www.fsc.org

MIX

Papier aus ver-
antwortungsvollen
Quellen
Paper from
responsible sources

FSC® C105338

Inhaltsverzeichnis

Der traurige Rentierfahrer und das nutzlose Insekt

Wie der Nikolaus zu seinem Namen kam

Wer ist denn überhaupt der Nikolaus und wo kommt er her? Diese Frage stellen viele Kinder. Und manche Leute erklären daraufhin mit wichtigem Gesicht, der Nikolaus sei ein Bischof gewesen, der im fünften Jahrhundert in Myra gelebt habe. Alles Quatsch! Kale, wie der antike Ort heute heißt, liegt südwestlich von Antalya an der türkischen Riviera. Vielleicht wart ihr da schon mal mit euren Eltern im Urlaub. Im Sommer hat es dort über 40 Grad im Schatten. Und im Dezember ist es immer noch so warm, dass man kurzärmelig rumlaufen kann. Da wohnt doch kein bärtiger Mann mit einem dicken, roten Wintermantel, was für ein Unsinn! Nein, nein. In Wirklichkeit war das ganz anders, und zwar so:

Es war einmal ein Rentierfahrer, der hieß Nikodemus Havoleinen und lebte in Finnland. Rens nennt man die Tiere, die aussehen wie eine Mischung zwischen Reh und Elch. Also, der Nikodemus hatte einen Schlitten, davor waren die Rentiere gespannt und damit fuhr er immer im Polarkreis herum. Das machte er schon viele Jahre, er war also schon ein älterer Mann. Eines Tages sagte sein Freund Lappi Lapponen zu ihm: „Niko, warum fährst du immer im Kreis rum? Jetzt ruh dich mal aus. Gib mir deine Tiere, ich versorge sie schon."

Da spannte Nikodemus seine Rentiere aus und gab sie alle dem Lappi mit. Alle bis auf eines, das war sein Liebstes. Es hörte – wie ihr wahrscheinlich alle wisst – auf den Namen Rudolph und hatte eine rote Nase.

Der Hallodri Lapponen schnappte sich die übrigen Hirsche und transportiert damit seitdem die leckeren Knäckebrote von Vasa nach Tromsø, aber das ist eine andere Geschichte.

Nikodemus führte seinen Rudolph in den Stall und dabei sprang eine Laus aus dem Rentierfell in seinen dichten, weißen Bart. Dann setzte er sich auf die Schneebank vor seinem Holzhaus und ruhte sich aus. Als er sich aber genug ausgeruht hatte, wurde ihm langweilig. Und als es ihm lange genug langweilig gewesen war, begann er zu klagen.

„Ach, jetzt sitze ich hier und habe nichts zu tun. Könnte ich doch wieder mit meinem Schlitten im Polarkreis rumfahren!" Währenddessen saß die Laus im Rauschebart und war ebenfalls traurig. Sonst hatte sie mit den Rentieren schöne Reisen gemacht und Rudolph ab und zu mal gezwickt. Aber jetzt? Leise jammerte sie vor sich hin: „Nutzlos friste ich mein lausiges Dasein zwischen weißen Barthaaren, eine Schande ist das!"

Beides hörte der liebe Gott, weil der ja alles hört. Er ärgerte sich, weil er sich immer ärgert, wenn die Lebewesen wieder etwas zu meckern haben. Und er ärgerte sich besonders, weil er gerade so viel zu tun hatte, denn er war mit dem Sortieren der vielen, vielen Zettel beschäftigt, auf denen alle Kinder dieses Planeten ihre Weihnachtswünsche notiert hatten.

„Niko, Laus", rief er mit lauter Stimme, „statt zu klagen, könnt ihr mir lieber helfen!" Da sprang der Nikodemus wie vom Eispickel gestochen auf und mit ihm das kleine Insekt und beide riefen wie aus einem Mund oder Maul: „Jawoll, das machen wir!" Und seitdem verteilen die zwei im Auftrag des Himmels die Geschenke.

Nikodemus lädt alles auf seinen großen Schlitten, der von Rudolph, dem Rentier, gezogen wird. Und die Laus fährt mit beiden durch die weite Welt und kneift Niko schon mal in die Backe, wenn er die Adventszeit verschlafen will.

Und weil die beiden immer zusammenbleiben wollen, haben sie beschlossen, sich so zu nennen, wie der liebe Gott sie gerufen hat: Nikolaus.

© Gregor Schürer 1999

Achsbruch am Himmel

Wie der große Wagen zu den Sternen kam

Zugegeben, der Nikolaus hatte seinen großen Wagen ziemlich vollgeladen. Edeltraud, seine Frau, schimpfte deswegen mit ihm.

„Du hast viel zu viel draufgepackt, nachher verlierst du unterwegs die Hälfte!", rief sie über den Hof, als er mit einer roten Leine alle Pakete festzurrte.

„Alte Meckerliese", brabbelte er in seinen weißen Bart, aber so leise, dass es der liebe Gott nicht hören konnte. Und Edeltraud natürlich auch nicht. Denn sie war eine gute Frau, kochte die beste Kürbissuppe, die man sich vorstellen konnte. Und kratzte ihm den Rücken, genau da, wo man selbst nicht hinkommt und wo es immer am meisten juckt.

Er spannte seine alte Kuh vor den Wagen. Emma, so hieß die Kuh, stand normalerweise im Stall und gab Milch. Aber einmal im Jahr musste sie raus, um den Nikolauswagen zu ziehen. Sie stöhnte schon, als sie die schwere Last sah. Dann ging Nikolaus zu Edeltraud, er gab ihr ein

11

Küsschen und fuhr mit einem „Wird schon gehen" davon. Ging aber nicht.

Anfangs schon. Emma musste sich zwar mächtig anstrengen, aber dann kam der Wagen so richtig ans Rollen. Die ersten paar Kilometer am Himmel verliefen noch ohne Zwischenfall. Doch dann fiel Emma eine Sternschnuppe vor die Hufe und sie erschreckte sich so, dass sie scheute, der Wagen kam ins Schleudern und kippte um. Rumms, da lag der Nikolaus und mit ihm alle Pakete, die runtergefallen waren. Der Nikolaus ärgerte sich. Am meisten darüber, dass Edeltraud mal wieder recht behalten hatte.

Doch als er den Wagen untersuchte und feststellte, dass eine Achse gebrochen war, wich der Ärger Ratlosigkeit. „Was mache ich jetzt bloß? So kann ich auf keinen Fall weiterfahren. Und wenn ich hier mit meiner ganzen Fracht liegen bleibe, kriegen die Kinder am 6. Dezember keine Geschenke, das geht einfach nicht."

Nun habt ihr mit Papa und Mama vielleicht auch schon einmal eine Autopanne gehabt. Da ruft man „die gelben Engel". Das sind aber gar keine Engel, sondern nur Kfz-Mechaniker in gelben Autos, die dann kommen und helfen. Im Himmel ist das sogar noch einfacher. Da ruft man die richtigen Engel zur Hilfe. Das tat auch der Nikolaus und eine ganze Schar kam angeflogen. Gemeinsam beratschlagten sie, was zu tun sei. Nun befand sich der Nikolaus auf seinem Weg genau über Spitzbergen. Und als die Engel runter schauten auf die Erde, kam ihnen gleich eine tolle Idee.

„Wir nehmen einen Schlitten! Davon stehen da unten genügend rum und die laufen auf ihren Kufen ohnehin schneller und leichter als ein Wagen."

Gesagt, getan. Die Engel hievten also einen Schlitten aus Lappland nach oben und luden die ganze wertvolle Fracht um. Emma weigerte sich allerdings standhaft, so ein Fahrzeug zu ziehen, das keine Räder hatte. Deshalb beschloss man, sie hierzulassen. Erst stellte man sie ganz sanft unten auf die Erde. Dann verpasste man ihr noch ein paar größere Hörner, damit sie sich in der fremden Umgebung besser zur Wehr setzen konnte. Weil man damit den vielen Schnee zur Seite schieben kann, sagt man auch Schaufeln dazu. Seit diesem Tag gibt es in Skandinavien diese Kühe mit Geweih, die nennt man Elche. Nur – wer sollte jetzt den Schlitten ziehen? Die Engel blickten noch einmal nach unten und entdeckten einige Tiere, die da rumrannten.

„Die rennen aber so schnell", wandte der Nikolaus ein, „das ist nichts für einen älteren Herrn wie mich." Auch da hatten die Englein wieder einen tollen Einfall. „Wir nehmen den Renntieren einfach ein ‚n' weg, dann sind es nur noch Rentiere und die sind langsamer."

Anfangs war der Nikolaus etwas skeptisch, als vor seinen neuen Schlitten sechs dieser Rentiere gespannt wurden.

Er fuhr los, zunächst etwas vorsichtig, merkte aber bald, wie elegant und sicher die Rentiere zogen. Und als sich der Schlitten mit Schwung in die erste Kurve legte, jauchzte der Nikolaus vor Freude. Das war doch was anderes als mit der alten Emma. Da würde seine Edeltraud staunen, wenn er erst wieder zu Hause war.

Ja, und was ist mit dem großen Wagen passiert, bei dem die Achse gebrochen war? Der blieb einfach da oben am Himmel liegen. Fragt mal eure Eltern. In klaren Nächten kann man ihn am Firmament stehen sehen.

Das Krippen-Casting

Wie Ochs und Esel in den Stall zu Bethlehem kamen

Kurz vor Beginn unserer heutigen Zeitrechnung, im Jahre Null, herrschte in den himmlischen Gefilden ziemliche Aufregung. Die Geburt von Jesus stand kurz bevor und der Ort, heute würde man die Location sagen, stand schon fest: ein Stall in der Nähe von Bethlehem.

Die Engel sollten nun dafür sorgen, dass in dem kargen Stall alles soweit vorbereitet war, dass das Christkind dort auf die Welt kommen könnte. Sie sorgten dafür, dass sich eine Krippe darin befand, die sollte dem Kindlein als Wiege dienen. Und dass Stroh vorhanden war, damit man die Wiege ein wenig auspolstern konnte. Viel mehr Ausstattung, also auf Neudeutsch Equipment, war nicht erlaubt, denn der liebe Gott hatte bestimmt, dass sein Sohn in ärmlichsten Verhältnissen das Licht der Welt erblicken sollte.

„Aber ein paar Tiere gehören noch in den Stall", warfen die Englein ein. Doch welche? So eine wichtige Angelegenheit musste natürlich von wichtigen Herrschaf-

15

ten entschieden werden, das war quasi englische Chefsache. Also wurden die drei Erzengel Michael, Gabriel und Raphael dazu erkoren, die Auswahl zu treffen.

Die drei – also unsere Jury – ließen die Tiere zusammenrufen, um zwei davon auszuwählen. Der erste Kandidat beim Krippen-Casting war der Löwe. „Nur ein König ist würdig, dem Herrn der Welt zu dienen", brüllte er und warf dabei seine vom Hairstylisten sorgsam gekämmte Mähne in den Nacken. „Ich zerreiße jeden, der dem Kind zu nahe kommt", fügte er siegessicher hinzu. Michael, der ziemlich erschrocken war, urteilte:

„Wir können dich für diese Aufgabe nicht gebrauchen, weil du zu grimmig und furchteinflößend bist". Auch die beiden anderen Juroren schüttelten den Kopf. Beleidigt zog der König der Tiere davon.

Zweiter Kandidat war ein prächtiger Pfau. Balzend und raschelnd entfaltete er sein Rad, das in allen Farben glänzte, der Make-up-Artist hatte ganze Arbeit geleistet. „Ich werde den tristen Stall schmücken, dass er schöner und aufwendiger ist als jeder Tempel", wollte er die Juroren für sich einnehmen. Doch die Erzengel sahen sich nur an, Gabriel zog eine Augenbraue hoch und sagte: „Keine schlechte Vorstellung, ich meine Performance. Aber du bist zu eitel, viel zu eitel."

Dritter im Bunde war der schlaue Fuchs. Er hatte ein wunderbar glänzendes Fell, der Coiffeur hatte ihn stundenlang gebürstet. Mit anschmiegsamer Stimme, auch der Vocal-Coach hatte ganze Arbeit geleistet, meinte er: „Ich werde die ganze Familie gut versorgen, für die Jungfrau Maria stehle ich jeden Tag ein Huhn, wenn es sein muss." Raphael antwortete: „Ich weiß nicht so recht, du klingst so unschuldig, bist aber doch ein verschlagener Bursche."

„Ich komme gerne noch einmal wieder, zum Recall, falls ihr euch das noch einmal überlegen wollt", legte der Fuchs nach. Doch die Jury blieb bei ihrem Nein.

So kamen noch viele Tiere und priesen ihre Fertigkeiten und Fähigkeiten, aber so richtig passen wollte keiner der Kandidaten. „Haben wir denn niemanden mehr?", fragte Michael und schaute sich suchend um. „Da steht noch ein Esel auf dem Feld, holt den mal herein."

Der Esel trottete brav vor die Erzengel. „Was hast du denn anzubieten?", fragte Gabriel. „Nichts", antwortete der Esel, senkte sein Haupt und klappte traurig seine langen Ohren nach unten. „Ich könnte höchstens die werdende Mutter

17

die letzten Kilometer auf ihrem beschwerlichen Weg tragen", bot er an. „Sehr gut!", lobte Raphael, „du bist gesetzt." Dann verabredete er mit dem Grautier Ort und Zeit, wo er zur Heiligen Familie stoßen würde. Nun stand nur noch ein Ochse draußen. „Was kannst du denn beitragen?", fragte ihn die Jury.

„Nichts", sagte der Ochse. „Wirklich gar nichts?", hakten die verzweifelten Juroren nach. „Vielleicht mit meinem Schwanz wedeln und die Fliegen verscheuchen?", war sein Angebot. „Im Winter gibt es nicht besonders viele Fliegen", entgegnete der Erzengel Michael, „überlege noch einmal genau, was du bei deinem Bauern gelernt hast." Der Ochse brauchte ziemlich lange, ehe er antwortete: „Ich habe in meinem ganzen Leben nichts gelernt außer Demut und Geduld. Alles andere hat mir immer Prügel eingebracht."

Demut und Geduld – die drei hohen Engel sahen sich an und strahlten. Das waren genau die Eigenschaften, die es brauchte, um bei der Geburt Christi dabei zu sein. „Du bist der Richtige!", riefen sie wie aus einem Mund, „du darfst nicht nur mit in den Stall, wie der Esel, du darfst sogar an die Krippe." Und als der Ochse dann später bei dem Event, also bei der

Geburt von Jesus, dabei war, wedelte er kräftig mit den Schwanz.

Weniger um Fliegen zu vertreiben, mehr vor Aufregung und vielleicht auch, weil er ein bisschen stolz war.

Niko hat Mäuse, Niko hat Läuse

Wie das Shampoo in den Stiefel kam

Niko hat Läuse, Niko hat Läuse!!"

Der Chor der Kinderstimmen war laut und wiederholte erbarmungslos den Satz. Niko stand in der Ecke, mit hochrotem Gesicht, um ihn herum zehn Kinder, die alle mit dem Finger auf ihn zeigten. Weil er nicht wusste, was er machen sollte, kratzte er sich am Kopf. Was die Sache noch schlimmer machte, denn nun lachten sie ihn auch noch aus. „Ha, ha, Niko hat Läuse …"

„Was ist denn hier los?" Mit dieser Frage kam Frau Bergdammer um die Ecke. Die Betreuerin scheuchte die lärmenden Kinder zurück in ihre Gruppen und beugte sich hinunter zu dem Fünfjährigen. „Na, Niko, haben sie dich geärgert?"

„Ja, Sibylle", antwortete er, „die sind so gemein zu mir." Dann fing er an zu weinen. Im Kindergarten Spatzennest gab es seit letzter Woche mal wieder „Läusealarm". Eine der Mütter hatte mitgeteilt, dass im Blondschopf ihrer Tochter kleine

Krabbeltierchen gesichtet worden seien, also wurden alle Eltern informiert: Die Kinder sollten Plastiktüten für ihre Mützen und Mäntel mitbringen, zur Sicherheit sollten die Haare ausgekämmt werden. Außerdem könne vorbeugend ein Läuseshampoo eingesetzt werden.

Auch Niko hatte den Zettel mit den Informationen natürlich zu Hause bei seiner Mama abgegeben. Die hatte ihm abends beim Duschen wie immer die Haare mit einer Olivenölseife gewaschen. „Damit sie schön glänzen", hatte sie Niko erklärt. Dann hatte sie versucht, mit einem Kamm durch seine wilde, lockige Haarpracht zu kommen. Außer ein paar verdächtigen weißen Pünktchen hatte sie nichts entdecken können. Die anderen Kinder erzählten an den nächsten Tagen, dass ihre Mütter und Väter ihnen mit so einem komischen Shampoo die Haare gewaschen hätten, das ein paar Minuten draufbleiben musste und ein bisschen merkwürdig roch. Das berichtete Niko am Nachmittag seiner Mutter.

„So ein Läuseshampoo kann ich nicht kaufen, dafür reicht unser Geld nicht. Weißt du, die Mama verdient als Küchenhilfe nicht so viel und die Unterstützung, die wir vom Amt kriegen, brauchen wir für deine neuen Anziehsachen, du wächst einfach zu schnell." – „Aber ich will keine Läuse haben", hatte er geantwortet. „Jetzt gib Ruhe. Sonst muss ich dir die Haare eben ganz kurz schneiden."

Frau Bergdammer nahm den schluchzenden Jungen in den Arm. „Ich mag keine Glatze haben, Sibylle."

„Du kriegst auch keine", beruhigte sie ihn, „das wäre auch zu schade um deine wunderschönen dunklen Haare."

Ein paar Tage später bat Sibylle die Kinder, einen ihrer Gummistiefel vom Haken zu holen, wo sie – mit Namen versehen – hingen und auf den Ausgang an matschigen Tagen warteten.

„Morgen kommt der Nikolaus und da darf jeder von euch einen Stiefel hinstellen. Aber vorher müsst ihr ihn ordentlich saubermachen. Manche von euch haben ja noch ganze Erdhügel unter der Sohle oder halbe Sandkästen innen drin."

Mit ihren Stiefeln bewaffnet gingen die Kinder nach draußen, wo es einen Wasserhahn gab, dann bekam jedes Kind eine Bürste zum Schrubben und einen Lappen zum Trockenwischen. Eine Stunde später standen die blitzblanken Gummistiefel in Reih und Glied im Flur vor den Gruppenzimmern aufgestellt.

Am nächsten Morgen waren die Kinder beim Frühstück im Spatzennest ganz aufgeregt, denn die Stiefel waren weg. Über Nacht verschwunden! Die Betreuerinnen übten mit den Kindern noch ein paar Lieder, um sie zu beruhigen und die Zeit bis elf Uhr zu überbrücken, denn für diese Stunde hatte sich der Nikolaus angesagt. Pünktlich um elf wurden sie in die Turnhalle des Kindergartens geführt und da klopfte es auch schon an der Tür. Herein kam ein großer Mann, der hatte so einen seltsamen Stab dabei, einen langen Mantel an und ein Ding auf dem Kopf, das kein Hut war und auch keine Mütze. Er sah ein bisschen aus wie der Papst, fand Niko, den hatte er schon im Fernsehen gesehen, nur hatte der keinen Bart.

„Hoho, Kinder", dröhnte der Papst mit Bart, „ich bin der Nikolaus!"

Frau Greuter, die Leiterin vom Spatzennest, begrüßte den Besucher und zunächst sangen alle Kinder „Lasst uns froh und munter sein". Dann setzte sich der Nikolaus auf einen bereitgestellten Stuhl und die Kinder durften sich zu seinen Füßen auf den Boden hocken. „Wisst ihr denn, was der Nikolaus hat?", fragte er.

„Geschenke!", rief die vorlaute Nathalie. „Ja, Geschenke gibt es später auch, wenn ihr brav wart. Der Nikolaus hat aber auch etwas anderes. Nämlich … Mäuse!"

„Mäuse, wieso Mäuse?", fragte Jens, der nächstes Jahr in die Schule kam. „Weil es im Winter kalt ist. Und da verstecken sich die Mäuse im Stall, wo die Rentiere wohnen, die meinen Schlitten ziehen. Mögt ihr denn Mäuse?" – „Nein", kreischte Svenja, „ich hab Angst vor Mäusen!"

„Auch vor solchen?", fragte der Nikolaus und holte eine Box aus seinem Sack, in der weiße und rosa Speckmäuse drin waren. Nein, vor solchen süßen Mäusen hat kein Kind Angst und jedes durfte sich eine Maus aus der Schachtel nehmen.

„Es gibt aber auch noch andere Mäuse. Manche sagen auch Kröten oder Knete oder Kohle", fuhr der Nikolaus fort.

Wieder war es der neunmalkluge Jens: „Du meinst Geld!"

„Ja, richtig, und Geld gibt es für den Kindergarten, damit der Spielsachen für euch kaufen kann."

Mit diesen Worten übergab der Nikolaus einen Umschlag an die strahlende Frau Greuter. „Ich habe aber nicht nur Mäuse", seufzte der Nikolaus, „manchmal habe ich auch … Läuse!"

„Echt?", meinte die kleine Ida, „die haben wir auch grade."

„Ja, ich weiß, das haben mir die Betreuerinnen verraten", erklärte der Nikolaus. „Bei mir sind daran wahrscheinlich auch wieder die Rentiere schuld. Ich denke, die Läuse springen von deren Fell in meinen Bart." Dabei kratzte er sich in seinem riesigen weißen Bart. „Aber das ist nicht schlimm. Die gehen auch wieder. So wie bei euch. Jetzt aber genug von Mäusen und Läusen. Jetzt wollen wir zu den Geschenken kommen." Dabei schaute er zu Nathalie und kniff ein Auge zu. „Ich habe jedem von euch seinen Stiefel gefüllt ..."

Alle Kinder wurden nun einzeln nach vorne gerufen und jedes bekam seinen Stiefel, in dem Süßigkeiten, ein Bogen Sticker und ein Becher mit bunten Würfeln drin waren. Als Niko an der Reihe war, neigte der Nikolaus seinen Kopf herunter und wisperte ihm etwas ins Ohr.

Niko hörte aufmerksam und lange zu und nickte. Als die anderen Kinder ihn nachher fragten, was der Nikolaus ihm denn da zugeflüstert habe, antwortete er nur: „Das ist unser Geheimnis". Und er hielt seinen Gummistiefel den ganzen Tag fest an sich geklammert.

Als die Mama ihn abholte, strahlte er sie schon von weitem an und sagte: „Ich habe eine Überraschung für dich."

Daheim packte Niko feierlich den Stiefel aus. Ganz unten befand sich eine kleine Kunststoffflasche. „Die soll ich dir geben. Ich kann ja noch nicht lesen, aber ich weiß trotzdem, was in der Flasche drin ist, weil mir der Nikolaus das verraten hat: Läuseshampoo. Der Nikolaus hat nämlich auch manchmal Läuse. Jetzt können wir heute Abend meine Haare mit dem Shampoo waschen und du musst mir keine Glatze schneiden."

„Ach, Niko", schluchzte seine Mutter und nahm ihn fest in den Arm.

„Und ich weiß auch, warum du weinst, das hat mir der Nikolaus nämlich auch noch verraten. Das kommt, weil du heute in der Küche so viele Zwiebeln geschnitten hast." Ziemlich schlau, der Nikolaus. Und der Niko auch …

© *Gregor Schürer 2010*

Sei geküsst, lieber Nikolaus

Wie die Liebe in den Advent kam

Der Nikolaus ist hier, schon klopft es an die Tür, wir rufen laut: Herein! Da tritt er bei uns ein. Sei gegrüßt, lieber Nikolaus, wieder gehst du von Haus zu Haus …"

Voll Inbrunst, sehr laut und ein bisschen falsch singt Kathie das Lied von Detlev Jöcker. Sie kennt es von ihrer Weihnachts-CD, die sie während der Adventszeit gefühlte fünfhundert Mal hört. Ich stehe in der Tür des Kinderzimmers und schaue meiner neunjährigen Tochter heimlich zu. Ich beobachte, wie sie die dunklen, lockigen Haare in den Nacken wirft, als sie bei den hohen Tönen ankommt. „Alle Kinder lieben dich, warten schon und freuen sich." Ihre Stimme erklimmt mühelos die Spitzen der Tonleiter. „Teilst du dann deine Gaben aus, danke schön, danke schön, lieber Nikolaus." Da entdeckt sie mich und ruft: „Komm rein Mama." Ich gehorche und setze mich zu ihr aufs Bett. „Schön hast du das gesungen, Katharina", lobe ich das strahlende Kind. „Wusstest du, dass das mein absolutes Lieblingslied ist?", frage ich sie. Sie schüttelt den Kopf.

„Warum denn, Mama?" – „Das ist eigentlich ein Geheimnis", antworte ich. „Aber heute will ich es dir verraten. Versprich mir, es für dich zu behalten, es handelt sich um eine Sache, die ich dir von Mädchen zu Mädchen erzähle. Denn es ist eigentlich eine Liebesgeschichte."

„Liebesgeschichte, cool!", entgegnet sie und zieht dabei das „U" in cool sehr lange. „Also, die Mama war Anfang dreißig und noch Single. So nennt man die Menschen, die alleine leben und keinen Partner, in meinem Fall also keinen Mann oder Freund haben. Es war der sechste Dezember und ich hatte nach der Arbeit auf dem Weihnachtsmarkt einen ziemlich verkrüppelten Tannenbaum gekauft. Es war der Einzige, der von der Größe her in meine kleine Wohnung passte, so ungefähr einen Meter lang. Der Verkäufer hatte ihn mir in so ein Netz getan und so trug ich ihn nach Hause. Mein Zuhause war damals eine Zweizimmerwohnung in einem großen Mietshaus. Bevor ich auf den Weihnachtsmarkt gegangen war, hatte ich mir im Supermarkt noch eine Packung Spaghetti, Tomatensoße und Hackfleisch besorgt, ich wollte mir abends noch Nudeln mit Bolognesesoße kochen. An der Haltestelle fuhr mein Bus mir vor der Nase weg, ich musste bibbernd fast eine halbe Stunde warten, es hatte draußen minus 5 oder 10 Grad. Endlich kam der Bus und ich taute während der Fahrt wieder auf.

Beim Aussteigen an meiner Endstation rutschte ich auf dem gefrorenen Gehweg aus und stürzte mit meiner neuen Hose, die ich mir extra eine Woche vorher fürs Büro gekauft hatte, in den Matsch. Schon heulend schleppte ich mich, die Einkaufstüte und den Krüppelbaum die drei Stockwerke hinauf. Vor meiner Wohnungstür fiel mir die Tasche mit den Lebensmitteln auf den gefliesten Flurboden, das Glas mit der Tomatensoße zerbrach und ich sah mich schon die Splitter einzeln aus dem Hackfleisch pulen. Weinend betrat ich meine Wohnung, zog mich erst einmal um, wusch mir das Gesicht und versuchte, mich zu beruhigen. Ich beschloss, den Baum aufzustellen, um mich wenigstens daran erfreuen zu können. Als ich versuchte, die Zangen des modernen Christbaumständers, der mittels einer Fußtaste bedient wird, zu lösen, gelang es mir zunächst nicht. Ich fummelte mit den Händen daran herum, plötzlich machte es „zong" und die Krallen sprangen auf und klemmten mir dabei den kleinen Finger ein. Ich schrie erst vor Schmerzen, dann vor Zorn, so laut, dass die Scheiben klirrten. Dann pfefferte ich den Baum in die eine Ecke und setzte mich schluchzend in die andere ..."

„Das klingt aber alles ziemlich traurig und gar nicht nach Liebesgeschichte", wirft Katherina ein.

„Warte, Schätzchen, es geht ja noch weiter. Plötzlich klopfte es an der Eingangstür. Ich erhob mich und schlich in den Flur. Wer mochte das sein, ich erwartete niemanden. Ich lauschte, wieder klopfte es, ganz sachte. Ich öffnete die Tür einen Spalt, draußen stand ein Mann, Mitte bis Ende dreißig, schwarze, lockige Haare. „Entschuldigen Sie, ich habe jemanden schreien hören, ist etwas passiert? Kann ich helfen? Geht es Ihnen gut?" Gleich drei Fragen auf einmal. Ich sagte nichts, schaute nur. „Ich wohne gegenüber, bin letzte Woche erst eingezogen. Verzeihen Sie meine Unhöflichkeit, ich habe mich noch gar nicht vorgestellt. Meine Name ist Niko." Irgendetwas sagte mir, dass man diesen dunklen Augen trauen konnte. Ich öffnete die Tür ganz, richtete mich auf, wie meine Mutter mir das immer gepredigt hatte – Brust raus, Kopf hoch – und antwortete: „Ja, es ist etwas passiert. Ja, sie können mir helfen. Nein, es geht mir nicht gut." Nun schwieg er, ich trat auf die Seite und machte eine einladende Handbewegung.

Der gutaussehende Mann kam herein und leistete ganze Arbeit. Erst verarztete er meinen blutenden Finger. Dann holte er die Tanne aus der Ecke. Ich saß derweil auf dem Sofa und schaute ihm zu, wie er mit geschickten Händen den Krüppel zu einem manierlichen Bäumchen zurechtschnitt und es in den Ständer stellte. All das passierte, ohne dass wir ein Wort wechselten. Dann drehte er sich um und strahlte mich an: „Gut?" – „Gut!", seufzte ich. „Aber noch nicht ganz gut", ergänzte er. „Als ich die abgeschnittenen Zweige in der Küche in den Mülleimer geworfen habe, habe ich die Einkaufstüte mit den Lebensmitteln in ihrer Spüle entdeckt – ich vermute, das war ihr Abendessen?"

Ich nickte stumm. „Dann gehen wir jetzt zu meinem Landsmann Kostas um die Ecke und verspeisen in seinem Lokal eine köstliche Moussaka", bestimmte er.

Ich ergab mich in mein plötzlich gar nicht mehr ganz so schweres Schicksal und wir gingen essen. Und redeten dabei ziemlich viel."

„Aber ihr habt doch nicht bloß geredet? Das reicht nicht für eine Liebesgeschichte!" Der Einwurf meiner klugen Tochter erstaunt mich, sie kennt sich also auch auf diesem Gebiet schon ein wenig aus.

„Nein", antworte ich ehrlich. „Zweieinhalb Wochen später, am Heiligen Abend, um genau zu sein, saß ich mit Niko ganz still unter dem dann geschmückten Bäumchen. Dann habe ich ihm ganz tief in die Augen gesehen und gesagt: Sei geküsst, lieber Nikolaus. Und dann habe ich es gemacht."

„Boah, Mama, das ist ja romantisch. Und seitdem ist das Lied dein Lieblings-Weihnachtslied." Ich nicke.

Ein paar Tage später hat sich die ganze Familie um den Adventskranz versammelt. Wir singen Lieder, auch mein Favorit ist dabei. Kathie, die neben mir sitzt, singt so leise, dass nur ich es höre: „Sei geküsst, lieber Nikolaus" und zwinkert mir dabei zu.

Zahnbruch beim Nikolaus

Wie der Onkel Doktor zu Gold kam

Ist noch jemand draußen?"

Dr. Drumm sah seine Helferin Britta fragend an. Sechs Personen hatte der Zahnarzt beim Notdienst an Heiligabend schon behandelt. „Ein älterer Herr sitzt noch im Wartezimmer."

„Patient von uns?" – „Nein, ich glaube, er kommt von auswärts. Er hat allerdings keine Versicherungskarte. Sagt, da, wo er wohne, gebe es so etwas nicht."

„Womöglich ein Landstreicher oder Obdachloser ohne Krankenversicherung. Ich dachte, so etwas wäre nur noch in den USA möglich, trotz Obama." – „Oh nein, Herr Doktor, solche Menschen gibt es bei uns auch", entgegnete Britta offen.

„Na, dann holen Sie den Herrn mal rein, Weihnachten steht vor der Tür, da wollen wir großzügig sein." Ein großer, sehr alter, aber stattlicher Mann betrat das Behandlungszimmer und nahm im Stuhl Platz. Er sah gar nicht wie ein Vagabund aus.

Dr. Drumm wurde neugierig und fragte: „Sie sind aber nicht von hier, obwohl Sie mir irgendwie bekannt vorkommen?"

„Nein, ich hatte beruflich hier zu tun. Eigentlich nur bis zum sechsten Dezember, aber dann ist mein Schlitten kaputtgegangen und ich musste noch ein paar Tage bleiben."

„Was für einen Schlitten fahren Sie denn, mit sechs oder acht Zylindern?", wollte der Zahnarzt, selbst stolzer Besitzer eines Porsche Cayenne, wissen. „Ich trage keinen Zylinder, sondern meist eine rote Mütze, gelegentlich auch eine Mitra."

Dass eine Mitra eine Bischofsmütze ist, wusste Dr. Drumm nicht, denn er war schon vor vielen Jahren aus der Kirche ausgetreten, der hohen Steuern wegen.

„Ich musste mich während der Wartezeit ja irgendwie verpflegen", fuhr der alte Mann fort, „anfangs hatte ich noch Proviant von Zuhause, aber nach ein paar Tagen war der alle. Da habe ich in dem Sack gekramt, den ich immer bei mir habe, und tatsächlich, da waren noch Äpfel drin und Kekse. Heute Morgen habe ich dann auf einen Pfefferkuchen gebissen, der schon ein bisschen hart war und da hat es gekracht und ein wenig wehgetan."

„Womöglich ist eine ihrer Brücken beschädigt worden?", mutmaßte Dr. Drumm.

„Ich habe viele Brücken gebaut, zu den Menschen und von Mensch zu Mensch. Aber die sind eigentlich alle noch ganz."

„Oder es hat eine von Ihren Kronen erwischt?", vermutete der Zahnarzt.

„Ich habe keine Krone. Ich kenne überhaupt nur einen, der eine Krone trägt, doch die ist aus Dornen, obwohl er der König aller Könige ist."

Wieder verstand Dr. Drumm nicht, was der Mann meinte und schlug vor: „Lassen Sie mich einfach mal nachsehen." Brav öffnete der alte Herr den Mund. Der Zahnarzt schaute hinein. Er stutzte und stellte die Arbeitsplatzleuchte über dem Behandlungsstuhl neu ein. Sekundenlang sah er in den geöffneten Mund und murmelte: „Nicht zu glauben, unmöglich …"

„Was ist denn, Herr Doktor?", fragte die Sprechstundenhilfe nach.

„Gucken Sie selbst", forderte er sie auf, „das gibt es gar nicht." Er wandte sich an den Mann: „Wie alt sind Sie denn, wenn ich fragen darf?"

„Ich weiß nicht genau, sehr alt jedenfalls", antwortete der Herr.

„Ich habe noch nie jemanden in Ihrem Alter mit solchen Zähnen gesehen. Keinen Zahnersatz, noch nicht einmal eine Plombe haben sie im Mund. Lediglich beim Vier-Einser, das ist der Schneidezahn unten rechts, ist ein kleines Stück ausgebrochen."

„Ist das schlimm?", fragte der ältere Herr. „Nein, das schleife ich Ihnen glatt und dann merken Sie das gar nicht mehr."

Ein paar Minuten später hatte Dr. Drumm seine Schleifarbeit beendet, der Mann fuhr mit seiner Zunge am behandelten Zahn entlang und sagte: „Prima, danke. Was bin ich Ihnen schuldig?"

„Naja, Karte haben Sie ja keine und eine Privatrechnung wollen Sie bestimmt auch nicht", der Zahnarzt hob ratlos die Schultern. „Kann ich es auch hiermit bezahlen?", fragte der Mann und reichte Dr. Drumm ein kleines Säckchen.

Der Zahnarzt seufzte und nahm es mit den Worten an: „Heute ist ja schließlich Heiligabend!" Nachdem der ältere Herr sich verabschiedet hatte, räumte Britta noch das benutzte Zahnarztbesteck weg und machte sauber, während Dr. Drumm in sein Büro ging. Dort packte ihn die Neugier und er machte das Säckchen auf. Darin befand sich ein Pfefferkuchen. Er nahm ihn in den Mund und wickelte währenddessen eine winzige Dose aus, die sich ebenfalls in dem Sack befunden hatte.

„Aua!!", schrie er plötzlich.

Britta stürmte ins Büro und rief: „Was ist los, Herr Doktor?"

Ob der Pfefferkuchen auch so hart war, dass Dr. Drumm sich ein Stück Zahn herausgebrochen hat, oder ob er sich nur vor Schreck auf die Zunge gebissen hat, weiß ich nicht. Jedenfalls starrte der Zahnarzt auf das Döschen und sagte: „Ich glaube, das ist Goldstaub!" – „Goldstaub??"

„Ja, schauen Sie schnell mal im Labor nach, ob wir einen Säureprüfkasten dahaben, dann machen wir gleich einen Test."

Bei all der Aufregung bemerkte Dr. Drumm gar nicht, dass der alte Mann mit den guten Zähnen von außen durch das Bürofenster der Zahnarztpraxis sah, weil auch er den Schrei gehört hatte. Als er bemerkte, dass alles in Ordnung war, setzte er sich auf seinen Schlitten, ihr wisst schon, den ganz ohne Zylinder, und fuhr lachend davon. Und sein polierter Schneidezahn glänzte dabei wie das Geschirr seiner Rentiere.

Sonnenstrahl und Edelstein

Wie Weihnachten aus einsam gemeinsam machte

Und hier eine aktuelle Verkehrsnachricht auf hr3", säuselte die Stimme im dritten Programm des Himmlischen Rundfunks, „auf der HA1 an der Anschlussstelle Engelskirchen zäh rutschender Verkehr."

„Mist", brummte der Weihnachtsmann in seinen Rauschebart. Ganz leise, weil Fluchen ja eigentlich verboten ist. Nun ist Mist nichts Schlimmes, im Gegenteil. Man braucht ihn zum Düngen der Felder. Aber in den Mund sollte man ihn nicht nehmen, deshalb war der liebe Gott da streng. Der Weihnachtsmann war ohnehin spät dran und jetzt auch noch ein Stau auf der Himmelsautobahn. Er drehte sich herum und schaute auf die Ladefläche seines Schlittens. Drei Pakete lagen noch drauf, die alle an Heiligabend zugestellt werden sollten. Er kontrollierte die Versandliste, darauf standen drei Adressen, das stimmte also. DHL – Die Himmlischen Lieferanten – hatte richtig beladen.

Nächste Station war die Familie Jugasch. Vater, Mutter, zwei halbwüchsige Kinder.

Die Jugaschs hatten sich gemeinsam ein Geschenk gewünscht, deshalb hatte der Weihnachtsmann nur ein, allerdings ziemlich großes Paket für sie dabei. Darin befand sich eine Wii, so ein Computerspiel, das man an den Fernseher anschloss. Darauf konnte man kegeln oder Tennis spielen oder Ski-Slalom fahren. Der Weihnachtsmann verstand zwar nicht, warum man das im Wohnzimmer tun musste, dafür gab es doch Kegelbahnen oder Tennisplätze oder Wintersportgebiete. Aber sei's drum, Hauptsache, die Menschen bewegten sich, und wenn es vor dem Flachbildschirm war. Familie Jugasch saß noch in der Christmesse, als der Weihnachtsmann mit halbstündiger Verspätung an ihrem schmucken Haus ankam. Er deponierte das Paket unter dem festlich geschmückten Weihnachtsbaum und eilte zurück zum Schlitten. Als er die beiden letzten Päckchen zur Hand nahm und in die Liste sah, stellte er erstaunt fest, dass beide an dieselbe Adresse gingen. Prima, dachte er erleichtert, da kann ich beide zusammen zustellen und bin fast noch pünktlich. Vor dem großen Mietsblock las er noch einmal genau nach: „Frau Gertrud Sonnenstein, Tiroler Straße 26, 3. Stock" stand auf dem einen, „Klaus-

Peter Edelstrahl, Tiroler Straße 26, 3. Stock" auf dem anderen. Er betrat mit den beiden Päckchen das Treppenhaus und stieg die Stufen hoch. Als er in der dritten Etage ankam, war er ordentlich aus der Puste, schließlich ist der Weihnachtsmann nicht mehr der Jüngste.

Er schaute auf die Namensschilder, links stand Sonnenstein, rechts stand Edelstrahl, hier war er richtig. Nun sah er auf die Päckchen, um zu entscheiden, welches er vor welche Tür legen musste. Und stutzte: Auf dem einen stand „Sonnenstrahl", auf dem anderen „Edelstein".

Sein Kopf ruckte von rechts nach links, dann wieder von links nach rechts: „Sonnenstein, Edelstrahl, Sonnenstrahl, Edelstein … Mist", brummte er schon wieder, „die von DHL haben die Namen verdreht." Er überlegte kurz, dann legte er die beiden Päckchen in den Flur, genau zwischen die beiden Wohnungstüren, drückte auf beide Klingelknöpfe und stiefelte schnell davon. Sollten die zwei Beschenkten doch selbst sehen, welches Päckchen wem gehörte.

Gertrud Sonnenstein und Klaus-Peter Edelstrahl öffneten beide zeitgleich die Tür. Erstaunt sahen sie sich an und sagten beide gleichzeitig: „Waren Sie das?"

Darauf mussten beide lachen. Dann entdeckten sie die beiden Päckchen. „Da hat uns wohl jemand beschenkt", sagte Frau Sonnenstein. Herr Edelstrahl bückte sich, hob die beiden Pakete vom Boden auf und wollte sie weiterreichen, als er die Namen las. „Da liegt wohl eine Verwechslung vor." Er zeigte ihr die beiden falsch geschriebenen Namen und wieder mussten beide lachen.

„Wissen Sie was, wir machen gleich hier im Flur Bescherung. Sie packen das eine Päckchen aus, ich das andere", schlug Getrud vor. Klaus-Peter willigte ein: „Aber Sie zuerst."

Frau Sonnenstein machte das kleine Paket auf. Darin befand sich eine CD mit Weihnachtsliedern, gesungen vom Tölzer Knabenchor. „Die ist für mich", sagte Herr Edelstrahl. „Mögen Sie Chormusik?", fragte Frau Sonnenstein.

„Ja, ich habe früher selbst gesungen", gab er zu und errötete leicht. Daraufhin packte er das zweite kleine Paket aus. Ein Kartenspiel kam zum Vorschein. „Das ist dann wohl für mich", sagte Frau Sonnenstein, „ich bin viel allein und lege gerne Patiencen", gab sie zu und errötete dabei ebenfalls ein wenig. In diesem Moment klingelte das Telefon in ihrer Wohnung.

„Eine Sekunde bitte", entschuldigte sie sich und ging nach drinnen. Kurze Zeit später kam sie zurück, Herr Edelstrahl hatte solange gewartet und das Geschenk-papier ordentlich zusammengefaltet.

„Meine Tochter hat angerufen. Auf der A1 an der Anschlussstelle Euskirchen herrscht zähfließender Verkehr. Sie wird sich verspäten oder gar nicht mehr kom-men, wenn der Stau länger wird. Ich habe gekocht. Wollen Sie nicht zum Essen kommen?" – „Gerne", antwortete Herr Edelstrahl ungewohnt spontan.

Er war ebenfalls alleinstehend und hatte schon lange ein Auge auf seine verwitwete Nachbarin geworfen. „Aber nur, wenn Sie nach dem Essen eine Partie Rommee oder Canasta mit mir spielen. Das ist doch viel spannender als Patiencen zu legen."

„Gut", willigte sie ein, „aber nur, wenn Sie dazu Ihre Weihnachts-CD auflegen und später auch noch ein Lied für mich singen." – „Einverstanden", sagte er, „ich schließe rasch ab und komme dann zu Ihnen rüber."

Wenige Minuten später saß Herr Edel-strahl an Frau Sonnensteins Küchentisch. Sie hatte zur Feier des Tages extra eine Flasche von dem guten Moselwein aufge-macht und goss zwei Gläser ein. Sie prosteten sich zu: „Frohe Weihnachten, mein Sonnenstrahl!“, sagte er.

„Frohe Weihnachten, mein Edelstein!“, sagte sie. Und seit diesem Heiligen Abend gehören Sonnenstrahl und Edelstein zusammen, sogar im Dunkeln. Bei Tag leuchten sie übrigens beide besonders schön. Am allerschönsten aber funkeln sie gemeinsam.

Atemlos durch die stille Nacht

Wie weniger manchmal mehr ist

Was war das für ein Jahr gewesen. Marlene Schiffer hatte mit ihrer CD 48 Wochen auf Platz eins der Album Charts gestanden. Ausverkaufte Tourneen in riesigen Hallen, Open-Air-Konzerte, ungezählte Fernsehauftritte, hochdotierte Werbeverträge, Deutschland im Marlene-Fieber, alle liebten den blonden Schlagerstar.

Vielleicht hätte sie den letzten Auftritt im Dezember absagen sollen? Doch die Versuchung war zu groß gewesen. Eine Revue im Friedrichstadt-Palast, die vom ZDF für die Ausstrahlung an Silvester aufgezeichnet wurde, mit Orchester, Ballett, internationalen Showkollegen, da konnte sie nicht nein sagen. Und wenn sie am 23. den späten Flieger nach Frankfurt bekam, würde sie kurz vor Mitternacht zu Hause sein.

Ihr Freund Sebastian Golderz wartete dort auf sie, er war schon gestern aus München angereist. Sie wollten die Weihnachtstage daheim verbringen, endlich Zeit für Gemeinsamkeit, endlich Zeit zum Luftholen und Innehalten nach diesen irren zwölf Monaten.

Sie hatte den Terminkalender durchgeblättert, ganze 26 Tage hatten sie 2014 zusammen verbracht, inklusive eines einwöchigen Urlaubs auf Mallorca.

All das ging ihr durch den Kopf, als sie auf dem Berliner Flughafen vor der riesigen Anzeigetafel stand. Denn dort las sie – ein wenig ungläubig – das Wort hinter ihrer Flugnummer: „Delayed".

Die Mitarbeiterin am Schalter der Airline war freundlich genug, sie nicht nach einem Autogramm zu fragen. Und sachkundig genug, um die Auskunft geben zu können, dass der Flug zwar verspätet sei, aber auf jeden Fall ginge. Allerdings sei die Maschine aus Frankfurt noch gar nicht gelandet und müsse vor dem Rückflug noch betankt und eventuell enteist werden. Der plötzliche Wintereinbruch habe zu diesen Verzögerungen geführt, es täte ihr leid.

Marlene hatte tagsüber gar nichts davon mitbekommen, erst als die Stretch-Limousine sie abends aus der Stadtmitte abholte und zum Airport brachte, hatte sie das Schneetreiben gesehen und bemerkt, wie das Glatteis zunehmend für ein Verkehrschaos sorgte. Sie griff zum Handy um Basti, wie sie ihn nannte, anzurufen. Er hatte versprochen, sie selbst vom Flughafen abzuholen. Als sie ihn nicht erreichte, schrieb sie eine SMS: „Flug verzögert sich, komme später, nehme mir ein Taxi – Kuss Marlene".

Dann ging sie in den Presse-Shop, um sich Lektüre für die Wartezeit zu besorgen. Rasch glitt sie am Zeitschriftenregal vorbei, auf jeder zweiten Titelseite der Illustrierten meinte sie ihr Bild zu sehen. Sie zog die Wollmütze, die ihre Mutter für sie gehäkelt hatte, etwas tiefer ins Gesicht, um nicht angesprochen zu werden. Im Dunkeln eine Sonnenbrille aufzusetzen fand sie albern. Ratlos stand sie vor den Büchern: Krimis, Koch- und Diätbücher, Ratgeber für alle möglichen und unmöglichen Lebenslagen, Biografien, Liebesromane. Sie fand nichts und nahm aus lauter Verzweiflung ein Rätselheft mit, vielleicht half das angestrengte Nachdenken gegen die zunehmende Müdigkeit, die sie verspürte.

Sie suchte sich im Wartebereich eine Sitzgelegenheit. Zahlreiche Menschen hatten dort schon Platz genommen, sie wollte möglichst alleine sein. Hinten in der

Ecke war noch ein Dreiersessel frei, dorthin verkrümelte sie sich und stellte die Handtasche neben sich. Sie zückte den edlen Stift, den ihr Basti zum 30. Geburtstag geschenkt hatte, „MS" stand eingraviert darauf, ein Diamant funkelte zwischen den beiden Buchstaben.

Das Schwedenrätsel galt als besonders schwierig, darüber machte sie sich her, mal sehen, ob der Grips dafür reichte. So vertieft war sie in das Rätsel, dass sie die Frau gar nicht bemerkte, die sich einige Minuten später direkt auf sie zu bewegte. Die ältere Dame fragte: „Ist es gestattet?", deutete Marlenes erstaunten Blick wohl als Zustimmung und setzte sich. „Rätseln Sie ruhig weiter, ich störe Sie nicht."

Marlene widmete sich wieder dem Buchstabensalat, Gottseidank, die Frau hatte sie offensichtlich nicht erkannt. Als sie bei einer Frage hängen blieb, nahm sie unbewusst den Stift in den Mund und sprach, mehr zu sich selbst, ein „Das gibt's doch nicht."

„Kann ich helfen?", fragte die Dame. „Ich hab früher viel mit meinem verstorbenen Mann zusammen gerätselt."

„Dass ich ausgerechnet das nicht weiß", murmelte Marlene, „gesucht wird ein anderes Wort für atemlos."

Die Dame überlegte einen Moment. „Wie viele Buchstaben?" Marlene zählte nach.

„Neun, und es fängt auch mit einem A an." – „Abgehetzt vielleicht?"

„Ja, das stimmt, super", freute sich Marlene. Es war schon nach 24 Uhr, als aus dem Lautsprecher die Durchsage kam, dass die Maschine aus Frankfurt nun gelandet sei. Marlene seufzte, Heiligabend und sie saß immer noch auf dem Flughafen. Quäkend fuhr die Stimme fort: „Der Abflug ist nun für 4.05 Uhr vorgesehen." Entnervt legte sie das Rätselheft zur Seite.

„Das ist wegen des Nachtflugverbots in Frankfurt", erklärte die Frau, „die Maschinen dürfen dort frühestens um fünf Uhr landen. Ich weiß das, weil ich öfter dahin fliege, um meinen Sohn und seine Familie in Groß Gerau zu besuchen. Besonders freu ich mich auf die Enkelkinder. Und ein kleines Wunder ist es doch, dass wir bei diesen Wetterkapriolen überhaupt noch von hier wegkommen."

Nach einer kurzen Pause schob sie hinterher: „Eigentlich ist es ja ganz schön, dass wir auch mal weiße Weihnachten haben, man hätte ja in den letzten Jahren meinen können, Schnee und Eis gäbe es nur noch in Sibirien."

Marlene musste schmunzeln, sie war in Kasachstan geboren und kannte lange und tiefgefrorene Winter zur Genüge. Sie fragte: „Stört es Sie, wenn ich keine große Lust auf Unterhaltung habe?"

„Nein, nein, Kindchen, wenn Sie mögen, legen Sie sich längs." Sie klopfte mit der Hand auf ihre Oberschenkel und einem spontanen Impuls folgend legte Marlene ihren Kopf in den Schoß der Dame. „Moment", sagte diese und holte etwas Hartes aus der Manteltasche.

„Damit nichts drückt. Das ist mein Asthmaspray, das ich vorhin aus dem Handgepäck nehmen musste, weil es beim Durchleuchten immer piepste. Jetzt wissen Sie, warum ich mich mit „atemlos" auskenne."

Als die Maschine später wie vorgesehen zum Einsteigen bereit war, sorgte Marlene dafür, dass die Dame mit in die 1. Klasse kam, sie bedeutete der Stewardess, dass sie das Upgrade bezahle. Sie selbst trank einen Tomatensaft und stilles Wasser, wie immer, ihre Begleiterin einen Schonkaffee. Dann schlummerten sie einträchtig während des kurzen Fluges. Nach dem Ausstieg in Frankfurt standen sich beide in dem riesigen Terminal gegenüber.

Spontan umarmte Marlene die Dame und sagte: „Danke für diese stille Nacht."

„Bitte, gern geschehen", antwortete diese. „Haben Sie denn einen Wunsch an das Christkind?"

„Ja", lachte Marlene, „aber einen, den man nicht erfüllen kann. Ich bin bloß 1,58 und wäre gerne etwas größer."

„Daran kann man nichts ändern", antwortete die Frau, „aber es gibt ja zum Glück hohe Schuhe. Doch etwas anderes wünsche ich Ihnen und das könnten und sollten Sie tatsächlich ändern. Ich schenke Ihnen dazu diesen Spruch", fuhr sie fort und gab Marlene eine Zettel, „alles Gute". Marlene war zu perplex, um zu reagieren, da hatte sich die Dame schon umgedreht und war erstaunlich behände davongelaufen. Sie faltete das Blatt Papier auseinander und las die gestochen scharfe Handschrift: „Atemlos jagend nach äußerem Schein versäumen die Menschen, etwas zu sein. Frohe Weihnachten, liebe M. S. – und grüßen Sie Basti Golderz herzlich von mir."

Der lockige Holger und die grinsenden Blätter

Wie man Weihnachtslieder auch singen kann

Weihnachten ist ein schönes Fest. Alle freuen sich, ein paar Tage frei zu haben, die man meist im Kreise der Familie verbringt. Es gibt lecker zu essen und zu trinken, man feiert zusammen. Aber was gibt es da eigentlich zu feiern? Antworten darauf findet man in der Weihnachtsmusik, dort steht alles fein säuberlich aufgeschrieben. Sehr schön erklärt Johannes Daniel Falk in seinem im Jahr 1816 veröffentlichten Lied, worum es geht:

„O du fröhliche, o du selige,
knabenbringende Weihnachtszeit!
Welt ging verloren, Christ ist geboren,
freue, freue dich, o Christenheit.“

Ein Junge ist also an Weihnachten auf die Welt gekommen. Aber wie heißt der Knabe? Da gehen die Meinungen auseinander! Die Mehrheit nennt ihn Jesus Christus. Es gibt aber auch abweichende Textdichtungen. Der österreichische Hilfspfarrer Joseph Mohr bringt in dem Klassiker „Stille

Nacht" gleich zwei davon zu Papier. In der ersten Strophe steht:

„Stille Nacht, heilige Nacht!
Alles schläft, einsam wacht
nur das traute, hochheilige Paar,
Holger, Knabe im lockigen Haar,
schlaf in himmlischer Ruh."

Holger heißt er also und Locken hat er. So ganz sicher war sich der Verfasser aber wohl nicht, denn im zweiten Vers geht es wie folgt weiter:

„Stille Nacht, heilige Nacht,
Gottes Sohn, Owi lacht."

Nun nennt er ihn plötzlich Owi. Egal, Holger oder Owi, gut gelaunt war er jedenfalls. Da ist er nicht der Einzige. Die Freude ist nicht nur unter den Menschen, sie hat auch die Pflanzenwelt erreicht. Das uralte Volkslied sagt uns:

„O Tannenbaum, o Tannenbaum,
wie treu sind deine Blätter!
Du grinst nicht nur zur Weihnachtszeit,
nein, auch im Winter, wenn es schneit."

Da hat sich der gute Tannenbaum aber zu früh gefreut, das Grinsen wird ihm schnell vergehen.

Warum? Weil ihm eben jener Christus oder Holger oder Owi ans Nadelholz will! Wilhelm Hey schrieb dazu 1837:

„Alle Jahre wieder
kommt das Christuskind
auf die Erde nieder,
wo wir Menschen sind.
Kehrt mit seinen Sägen
ein in jedes Haus,
geht auf allen Wegen
mit uns ein und aus."

Ritsch, ratsch, wird der Tannenbaum zu Kleinholz gemacht. So ganz ungeschoren kommen die jubelnden Menschen dabei allerdings auch nicht davon. Im Kirchenlied „Macht hoch die Tür, das Tor macht weit" sind die Kollateralschäden drastisch beschrieben:

„All unsre Not zum End er bringt,
der Halbe jauchzt, mit Freuden singt:
Gelobet sei mein Gott,
mein Heiland groß von Tat."

Mögen die Gelehrten noch streiten, ob der Halbe mit Freuden oder mit Freunden singt, die Säge hat ihn offenbar erwischt.

Damit das nicht dem einen oder anderen Zartbesaiteten auf den Magen schlägt, hat Eduard Ebel dazu in „Leise rieselt der Schnee" Folgendes gedichtet:

„In den Herzen ist's warm,
still schweigt Kummer und Darm,
Sorge des Lebens verhallt:
Freue dich, Christkind kommt bald."

Am Ende geht es trotz des vielen Essens also ganz ohne Blähungen ab, alles wird gut. Und teuer. Denn so ganz für lau ist das ganze Fest nicht zu kriegen. Das wusste schon der deutsche Theologe Friedrich Wilhelm Kritzinger. Von ihm stammt das letzte Lied, das ich auf der Reise durch die wundersame Welt der Weihnachtslieder zitieren will:

„Süßer die Glocken nie klingen
als zu der Weihnachtszeit,
's ist, als ob Engelein singen
wieder von Frieden und Freud'.
Riesige Summen in seliger Nacht,
riesige Summen in seliger Nacht,
Flocken mit heiligem Klang
klingen die Erde entlang."

Aber wer wird zu Weihnachten schon an den Finanzminister denken. Lassen Sie, liebe Leser, sich die Freude am Christfest nicht nehmen und feiern Sie schön. Und ganz wichtig: Viel Spaß beim Singen!

© Gregor Schürer 2015

Ein wundervoller Traum

Wie ein Weihnachtslied diese
Geschichte schrieb

Wann und wo hat Mann in der hektischen Vorweihnachtszeit Zeit und Muße, über die wirklich wichtigen Dinge des Lebens nachzudenken? Sich dem Sinn oder Unsinn unseres Daseins vielleicht sogar philosophisch zu nähern? An einem Adventssamstag vor der Umkleidekabine eines großen Berliner Damenmodegeschäfts! Dort sitzt Nils Schmidt, bepackt mit diversen Oberbekleidungsartikeln, und ist mit dreierlei Dingen beschäftigt.

Zum einen sagt er jedes Mal, wenn seine Frau den Vorhang beiseite schiebt, vor den großen Spiegel tritt und sich anschließend zu ihm herumdreht, Sätze wie: „Das sieht aber gut aus" oder „Das steht Dir wirklich prima" oder „Das ist ja wie für dich geschneidert".

Damit es nicht so auffällt, kommt gelegentlich auch eine kritische Bemerkung wie „Das passt farblich nicht zu dir".

Wenn er ganz mutig ist, erlaubt er sich auch mal ein „Ist das wirklich Größe 38/40?"

Zum zweiten ist es seine Aufgabe, die probierten Sachen entgegenzunehmen und in die Kategorie „wird gekauft" bzw. „geht zurück" zu sortieren. Gleichzeitig reicht er Frau Schmidt neue Sachen zum Anprobieren, damit sie nicht ständig zwischen Kabine und Kleiderständern hin und her laufen muss.

Zum dritten schließlich – und das macht das wahre Vergnügen dieser Weihnachtseinkaufs(tor)touren aus – kann er in der Zeit dazwischen seine Gedanken und seinen Blick schweifen lassen zwischen all den wuseligen Menschen in der meist überschmückten Wandelhalle des Konsums. Dauert der Einkauf länger, meist dauert er länger, schließt er auch schon mal die Augen zum Sekundenschlaf.

Während er gerade noch über die Frage sinniert, ob denn die Welt verrückt spielt oder Verrückte mit der Welt spielen, dringt die Kaufhausmusik in sein Ohr. Ist sie im Laufe des Jahres schon schlimm genug, tendiert sie in der Weihnachtszeit zur Rubrik gruselig. Was hat der Kaufhaus-DJ denn zu bieten? „Last Christmas" von Wham, er seufzt vernehmlich.

Da spricht ihn eine männliche Stimme an: „Gefällt Ihnen die Musik nicht?" Herr Schmidt dreht den Kopf und bemerkt erst jetzt den Mann, der neben ihm sitzt. Der ist genauso bepackt wie er selbst und hat offensichtlich dieselbe Aufgabe. Seine Angetraute kommt gerade aus der Kabine und er sagt zu ihr: „Das steht dir ausgezeichnet". Nachdem sie mit neuer Ware wieder hinter dem Vorhang verschwunden ist, klärt Schmidt seinen Sitznachbarn auf: „Dieses Weihnachtslied kann ich nun wirklich nicht mehr hören. Es wird in diesen Wochen so oft rauf und runter genudelt, und das jedes Jahr aus Neue, da wird mein Ohrenschmalz ranzig."

Der andere lächelt und sagt: „Ich habe auch so ein Lied, das ich nicht ertragen kann."

„Welches denn?", nun ist Schmidts Neugierde geweckt. „Wonderful dream von Melanie Thornton." – „Das sagt mir gar nichts", wirft er ein.

„Doch, das kennen Sie bestimmt. Die Firma Coca-Cola hat den Song vor vielen Jahren für einen weihnachtlichen Werbespot eingesetzt, mit so einem riesigen rot-weißen Truck. Das hat den Titel und die Sängerin berühmt gemacht." Nun erinnert sich Schmidt. Und sagt: „Das ist doch eigentlich ein sehr schönes Lied, noch dazu mit einer tollen Botschaft." Wieder lächelt der andere. „Ich kann es aus einem anderen Grund nicht ertragen."

„Verraten Sie ihn mir, wo wir hier so schicksalshaft beieinandersitzen?", fragt Schmidt.

„Natürlich", antwortet der Mann. „Die Sängerin Melanie Thornton war am 24. November 2001 auf dem Weg in die Schweiz, um dort aufzutreten. Im Landeanflug ihres Fluges von Tegel nach Zürich stürzte die Maschine in einem Waldstück in der Nähe von Bassersdorf ab. 24 Menschen starben, darunter sie selbst. Und unser Sohn, der ihr Tourtechniker war."

Schmidt schweigt und sagt dann, mehr fällt ihm nicht ein: „Das tut mir leid."

„Muss es nicht, ist ja schon lange her, mehr als 17 Jahre. Nur dieses Lied, das werden Sie verstehen, kann ich um diese Zeit nicht ertragen." Seine Frau kommt aus der Kabine, sie ist offensichtlich fertig.

Er erhebt sich, nickt Schmidt zu und geht. Der schaut ihnen nach, wie sie sich durch den überfüllten Laden schlängeln.

Später, auch seine Gemahlin ist fündig geworden und beide verlassen das Kaufhaus mit zahlreichen Tüten, lädt Frau Schmidt ihren Mann zur Belohnung für seine Geduld noch zum Essen ein. Sie suchen sich ein Plätzchen im benachbarten Lokal und studieren die Speisekarte. „Hör mal, was für ein schöner Weihnachtssong", sagt sie.

Er lauscht, es ist „Wonderful dream", engelsgleich von Melanie Thornton gesungen: „A wonderful dream of love and peace for everyone, of living our lives in perfect harmony, a wonderful dream of joy and fun for everyone, to celebrate a life where all are free."

Der Ober kommt und fragt nach den Getränkewünschen.

„Wie immer ein Gläschen Rotwein für dich?", schlägt seine Frau vor.

„Nein", antwortet er, „ich trinke heute eine Cola." Stirnrunzeln auf der anderen Seite des Tisches. Gefolgt von dem Satz: „Was wünschst Du dir eigentlich zu Weihnachten, Nilsi? Du hast ja heute gar nichts bekommen und ich sooo viel." Er überlegt kurz und antwortet dann. „Ja, ich habe auch einen Wunsch, vielleicht kann man sogar sagen, einen Traum: Liebe und Frieden für alle. Und dass wir unser Leben in perfekter Harmonie leben."

Die GroKo der Engel

Wie auch im Himmel mal gestritten wurde

Sie haben gedacht, Engel ist Engel?

Falsch gedacht! Es gibt verschiedene Arten von Engeln. Und das habe nicht ich mir ausgedacht, das steht so in der Bibel. Es lassen sich verschiedene Engel unterscheiden, die in Chöre untergliedert sind. Diese Engelschöre sind zu sogenannten Triaden, also Dreiergruppen, zusammengefasst.

Die erste Triade sind die himmlischen Berater, man kennt einige von ihnen sogar beim Namen, sie heißen zum Beispiel Seraphim oder Cherubim. Die zweite Triade sind die himmlischen Verwalter, über sie weiß man nicht so viel. Die dritte Triade kennt man als himmlische Boten, zum Beispiel die Erzengel und die Schutzengel.

Während die höchststehenden Engel zur unmittelbaren Anschauung Gottes existieren, fungieren die Engel der unteren Hierarchie als Sendboten Gottes, können also auch unmittelbar mit den Menschen Kontakt haben.

Genug der Engelskunde. Sie glauben, Engel würden sich immer vertragen? Wieder falsch. Die streiten sich auch gelegentlich. Zum Beispiel in dieser Geschichte:

„Jetzt langt's mir aber!" – Cherubim Martin haute mit der Faust auf den himmlischen Tisch, seine sechs Flügel zitterten und Schweißperlen standen ihm auf der Glatze. „Ich habe gesagt, der Mindestlohn von acht Manna für die Hilfsengel wird nicht angetastet. Wer das tut, überfliegt die rote Linie!"

„Jetzt reg dich doch nicht so auf", warf Cherubim Horst salbungsvoll und mit rollendem R ein, „wir waren bei der Obergrenze von 200.000 Seelen doch auch kompromissbereit."

„Ich dachte immer, wir hätten hier oben nur goldene Linien, aber lassen wir das", versuchte Engel Angela die aufgeregte Diskussion zu beenden. Die herabgezogenen Mundwinkel wollten nicht so recht in das engelsgleiche Gesicht passen.

Nun verhandelten sie schon wochen-, ja monatelang in den himmlischen Gefilden und kamen nicht von der Stelle. Das Weihnachtsfest rückte näher und da hatten die Engel ja wahrhaftig genug zu tun, aber eine Lösung wollte und wollte nicht gelingen. „So lange wir uns im Himmel

weiter zoffen, wird das mit dem Klima-
schutz nie was werden", seufzte sie und
dachte fast sehnsüchtig an die Öko-Engel,
die schon aus den Gesprächen ausgestie-
gen waren. „Wenn ihr den Quatsch mit
der Engelversicherung nicht sein lasst",
sagte Horst, „wird das hier nix."

„Dann geh halt wieder zu den freien
Engeln", ereiferte sich Martin, „aber mit
dem Christian hast du dich ja auch nicht
verständigen können, trotz seines Na-
mens." Angela versuchte es mit einem
Kompromiss: „Sind wir uns denn einig,
dass wir mehr in die Bildung der Engel
investieren müssen?" Die beiden anderen
himmlischen Berater nickten. „Prima,
dann schreiben wir das jetzt mal in den
Vertrag. Wie sieht es denn mit der digita-
len Himmelsagenda aus?" Wieder Zustimmung, auch das wurde notiert. „Na
wunderbar, wir kommen voran."

Insgeheim war sie froh, dass es im
Himmel keine Steuern gab, das wäre sicher auch ein Reizthema gewesen. „Mir ist
es ganz wichtig, dass die betagteren Engel
eine ordentliche Altersversorgung und
Pflege kriegen", meinte Martin.

„Da bin ich bei dir", antwortete Horst,
„wenn du im Gegenzug bei der Unterstützung der Himmelswirtschaft mitmachst."

Auch das wurde rasch notiert und Angela dachte gerade, es läuft, wir kriegen es doch irgendwie hin. Da öffneten sich plötzlich die himmlischen Tore und herein flogen drei Hilfsengel. Vorneweg der kleine Alexander, er hatte eine Hornbrille auf und trug ein für Engel merkwürdiges, kariertes Jackett. „Der Weihnachtsmann fährt wieder ohne Vignette Schlitten!", rief er erbost. In der Mitte eine Hummel, nein, es war ein dicklicher Engel im Hosenanzug, der schrie „Die Teilzeit-Engel haben das Recht, wieder voll zu arbeiten." Und dahinter ein Engel, dessen Namen niemand kannte, der hatte eine Giftspritze auf dem Rücken und sprühte irgendetwas in die himmlischen Sphären.

Die drei umschwirrten den himmlischen Verhandlungstisch, Martin polterte „Sauerei!", obwohl Engel eigentlich Vegetarier sind. Angela griff nach einer Fliegenklatsche, um nach der dicken Hummel zu schlagen. Und Horst hielt sich hustend ein Taschentuch vors Gesicht und duckte sich unter die Tischplatte. Da ertönte laut eine göttliche Stimme: „Ruhe!"

Die drei Hilfsengel verschwanden augenblicklich dahin, wo sie hergekommen waren. Und die drei himmlischen Berater erstarrten. „Was ist die Aufgabe von Engeln?", fragte die unsichtbare Stimme. Angela, Horst und Martin schwiegen verdattert. „Nun, ich will es euch verraten, ihr habt es wohl vergessen. Engel sollen dienen und helfen. Nur dazu sind sie da."

Wieder Schweigen. „Dann tut jetzt, wozu ich euch erwählt habe." Das ließen sich die drei nicht zweimal sagen. Sie bildeten die Große Koalition der Engel und wirkten fortan im Sinne des Herrn und zum Segen der Menschen. Weihnachten konnte wie geplant stattfinden und Jesus Christus stieg herab, um uns zu retten und zu erleuchten.

Okay, das mit der Erleuchtung ist noch nicht bei jedem angekommen, das gebe ich zu. Aber Gottes Wege sind mannigfaltig und führen auch nach Berlin, München und Würselen, da bin ich sicher. In diesem Sinne wünsche ich Ihnen allen ein frohes Fest – und einen aufmerksamen Schutzengel.

Der unfreiwillige Weihnachtsbaumverkäufer

Wie einer kurz vor Heiligabend gute Geschäfte machte

Sammeln Sie eigentlich auch Geschichten?", fragte mich ein älterer Herr nach der Lesung in einer Neuenahrer Klinik. Es ist nicht so ungewöhnlich, dass mich Besucher von Veranstaltungen anschließend ansprechen, ich freue ich immer darüber.

„Wenn sie spannend oder interessant sind", antwortete ich.

„Dann erzähle ich Ihnen jetzt meine Weihnachtsbaumgeschichte." Hier ist sie:

Ich war Student und kam am Tag vor Heiligabend nach Hause, um das Weihnachtsfest bei meiner Familie zu verbringen. Nachdem ich die Wäsche, die sich in den letzten Wochen und Monaten in meiner Bude angesammelt hatte, bei meiner Mutter abgeliefert hatte, setzte ich mich zu meinem Vater an den Küchentisch. „Habt ihr den Tannenbaum denn schon geschmückt?", wollte ich wissen. „Deine Mutter wollte in diesem Jahr keinen Baum, sie meinte, ein paar Zweige in der

Vase würden genügen", entgegnete mein alter Herr. In diesem Moment kam Mutter aus der Waschküche. „Mama, Weihnachten ohne Weihnachtsbaum, das geht gar nicht."

„Meinst Du?" – „Ja, meine ich." Mutter schenkte mir eine Tasse Kaffee ein und sagte: „Ich weiß nicht, ob wir jetzt noch einen kriegen." – „Ich mach das schon", antwortete ich, „aber nur, wenn Du mir die Dose mit dem leckeren Spritzgebäck holst." Weil ich von der Universität viel zu berichten hatte und meine Eltern mir das Neueste aus der Nachbarschaft erzählen mussten, dauerte es länger und es war schon dunkel, als ich aufbrach. Ich nahm Vaters alten Kombi und fuhr nach Düsseldorf rein. Es war kurz vor acht, als ich dort ankam. Ich hatte Glück, am Marktplatz sah ich ein Schild „Weihnachtsbäume", ganz in der Nähe fand ich einen Parkplatz. Beim Aussteigen bemerkte ich, dass Papa auf der Ladefläche ein Beil, eine Säge und noch andere Werkzeuge liegen hatte, sein Auto war eine fahrende Werkstatt. Ich ging zielstrebig auf den Stand zu.

Der Verkäufer hatte alle Bäume gesammelt und in einer Ecke auf einen Haufen gestellt und war gerade dabei, einige Bauzaunelemente drum herum zu stellen und anzuketten. „Ich brauche noch einen Baum", sprach ich ihn zaghaft an. „Da sind Sie zu spät, junger Mann, ich habe schon Feierabend gemacht."

„Aber, ich …", entgegnete ich, da fiel er mir schon ins Wort: „Heute gibt's nichts mehr, ich habe alles schon eingepackt und die Kasse ist auch schon abgerechnet."

Unwirsch drehte er sich um und stapfte zu seiner Bude. Ich ging zurück zum Auto und setzte mich hinters Steuer. So ein unfreundlicher Kerl, dachte ich und überlegte, was ich jetzt tun könne, da sah ich, dass der Mann wieder aus der Bude herauskam, die Läden zuklappte, die Tür abschloss und davonging. Ich wartete ein paar Minuten, der Platz lag verlassen und still da. Dann stieg ich aus und ging erneut zum Stand, um mir wenigstens noch einmal in Ruhe anzusehen, was ich verpasst hatte. Da bemerkte ich, dass der unwillige Verkäufer, vermutlich abgelenkt durch meine Frage, vergessen hatte, das Vorhängeschloss an der Kette, die den Metallzaun verband, zuzudrücken. Ich bog es auf, zog die Kette heraus und schob die Zäune beiseite. Dann holte ich die Bäume einen nach dem anderen heraus und stellte sie in Reih und Glied an die Wand neben die Bude. Ich betrachtete sie ausgiebig und suchte mir den Schönsten aus, eine prächtige Nordmanntanne. Ich eilte rasch zum Wagen, holte Beil und Säge, denn ich musste sie noch ein Stück kürzen und einige Äste abmachen. Ich war gerade damit fertig, den Stamm durchzusägen, als sich ein Passant näherte. Mit klopfendem Herzen wartete ich und hoffte, er ginge vorbei. Doch er kam direkt auf mich zu.

„Gut, dass ich Sie noch treffe, ich brauche unbedingt noch einen Tannenbaum."

„Da haben Sie aber Glück, ich wollte gerade schließen", entgegnete ich geistesgegenwärtig.

Er ging hinüber zu den aufgestellten Bäumen, deutete auf eine Blaufichte und sagte: „Es geht auch schnell, ich nehme die da." – „Sie wissen aber schon, dass man die auch Stech-Fichte nennt", beriet ich ihn fachmännisch. Ein Glück, dass ich früher oft mit meinem Vater in den Wald gefahren war zum Brennholzmachen und mich ein wenig auskannte. „Kein Problem, schmücken tut bei uns die Schwiegermutter …", war seine Antwort. Wir lachten beide. „Leider kann ich sie Ihnen nicht mehr verpacken, der Einnetzer ist schon weggeschlossen", warf ich ein. „Dafür gebe ich sie Ihnen etwas günstiger. Sagen wir dreißig Mark?"

„Einverstanden", antwortete er erleichtert, „wenn Sie sie mir nur noch ein Stück kürzen würden." Ich tat wie gebeten und er ging, seinen Baum wie eine Trophäe vor sich hertragend, davon. Ich brachte meinen Baum, die Säge und das Beil zum Auto, öffnete die Heckklappe und lud alles ein. Dann ging ich zurück und stellte die Bäume Stück für Stück wieder an ihren alten Platz. Ich hatte gerade den letzten in der Hand, als jemand rief: „Halt, halt!"

Jetzt haben sie dich, war mein erster Gedanke, da sah ich, dass es nicht der Verkäufer war. „Bitte geben Sie mir diesen Baum", flehte mich der ältere Mann an, „meine Frau hat vergessen, einen zu besorgen. Egal, wie er aussieht, egal, was er kostet, ich nehme ihn."

„Da haben Sie aber Glück", sagte ich und schaute den Baum an, den ich noch in der Hand hielt. „Eine wunderschöne Douglasie. Sie kriegen sie für 20 Mark, weil übermorgen Weihnachten ist", war mein großzügiges Angebot. „Allerdings ohne Netz und absägen kann ich auch nichts mehr, ich habe schon alles aufgeräumt", dabei deutete ich auf die verschlossene Bude. „Egal, ganz egal", sagte der Mann, gab mir den 20-Mark-Schein und umarmte mich, bevor er seinen Baum nahm und freudig davonlief.

Ich stellte den Bauzaun rund um die Bäume wieder auf, zog die Kette hindurch und brachte das Vorhängeschloss an, das ich auch fest zudrückte, fertig. Alles sah so aus wie vorher, jedenfalls fast. Die Bäume hatte ich etwas fülliger aufgestellt, sodass man kaum bemerkte, dass es drei weniger waren. Anschließend fuhr ich nach Hause.

„Na, warst du erfolgreich?", fragten mich die Eltern, als ich heimkam. „Und ob", antwortete ich und zeigte die schön gewachsene Tanne, „das hat sich wirklich gelohnt." – „Die erste Maschine mit deiner Wäsche ist schon gelaufen, die zweite habe ich gerade beladen", sagte meine Mutter. „Und dein Vater hat schon den Christbaumschmuck rausgesucht."

„Ach Mama, ach Papa, ihr seid einfach die Besten", platzte es aus mir heraus. „Zum Dank und weil man Feste feiern soll, wie sie fallen, lade ich euch am zweiten Feiertag in das Gasthaus ,Zum Hirschen' zum Wildessen ein."

„Aber du armer Student hast doch gar kein Geld", warf mein Vater ein. „Natürlich habe ich Geld, ich habe nebenbei ein wenig gejobbt", war meine Antwort.

Ich schaute den älteren Herrn an, schmunzelte und sagte: „Das ist eine tolle Geschichte. Darf ich sie veröffentlichen?"

„Ach, ich weiß nicht", antwortete er. „Ich finde schon", entgegnete ich. „Zum einen war es sicher das einzige Mal in Ihrem Leben, dass Sie etwas Unrechtes getan haben, auch wenn es vermutlich sogar unbemerkt geblieben ist. Zum anderen ist es bestimmt schon lange verjährt. Und zum dritten schließlich erzähle ich ja niemandem, wer der unfreiwillige Weihnachtsbaumverkäufer war."

Süßer, die Glocken sind Klingeln

Wie ein gemeinsamer Nachmittag zerschellte

Ein Samstagnachmittag in der Vorweihnachtszeit. Ich habe es mir mit meiner Liebsten auf der Couch gemütlich gemacht. Die Kerzen am Adventskranz brennen und verbreiten heimelige Stimmung. In der Tasse dampft ein heißer Punsch, auf dem Teller liegen köstliche Plätzchen, selbst gebacken. Die Auswahl reicht von Vanillekipferln über Ausstecher bis zu Zimtsternen. Ich greife mir ein Motiv in Glockenform, bunte Streusel darauf, lecker.

„Schau mal", sage ich zu meiner Frau und schaukel dabei den Keks hin und her, „fast ist es, als hörte man die Glocke läuten, bim bam, bim bam ..."

„Liebster", antwortet sie, „die Glocken sind Klingeln."

„Wie meinst Du das?", frage ich.

„Es hat geschellt." Als ich verständnislos schaue, wird sie deutlicher: „Geschehellt, an der Tühür!"

Ich erhebe mich irritiert vom Sofa und gehe zur Haustür. Tatsächlich, da steht jemand. Ich öffne, es ist der Bote von DHL, den man freilich vor lauter Paketen fast nicht sehen kann. Ich nehme ihm die zahlreichen Schachteln ab, unterschreibe und balanciere die Kisten in die Küche, wo ich sie auf dem Tisch ablege.

Dann schnell zurück auf die Couch. Ungestört vergreife ich mich am Gebäck. Anschließend rücke ich meinem Liebchen etwas näher auf die Pelle, sie ist mindestens genauso knusprig wie die Plätzchen. Und riecht ebenso verführerisch.

Ich grabe meine Nase in ihre Halsbeuge, vor mir baumelt ein schöner Ohrhänger. „Hach", säusele ich ihr ins Ohr, „das ist, als hörte man leise das Glöckchen der Liebe klingeln, bim bam, bim bam …"

„Liebster", antwortet sie, „die Glocken sind Klingeln."

„Wie, was …?", stammle ich.

„Es hat geschellt."

„Jetzt echt?" – „Ja, echt." Ich erhebe mich verärgert vom Sofa und gehe zur Haustür. Tatsächlich, da steht jemand. Ich öffne, dieses Mal ist es Hermes. Der Götterbote, das passt. Kommt auch immer zur falschen Zeit. Ich nehme ihm die turmhohen Pakete ab, unterschreibe und bringe die Schachteln zu den anderen auf den Küchentisch. Ich tänzel zurück zum Sofa, mein Schätzchen ist inzwischen weggedöst. Ich lege mich auf die andere Seite der ausladenden Couch, ebenfalls in die Horizontale. Nicht lange, und ich bin ebenfalls eingenickt. Und in süßeste Träume versunken.

Mein Lieblingsverein steht im Finale des Fußballpokals, es läuft die Verlängerung, weil es nach der regulären Spielzeit 1:1 unentschieden stand. Bloß kein Elfmeterschießen, der Gegner hat den deutschen Nationaltorwart zwischen den Pfosten.

Da werde ich in der 118. Spielminute als Joker eingewechselt. Ich bin noch keine 60 Sekunden auf dem Platz, als mir unser Mittelfeldregisseur den Ball gekonnt in den Lauf spielt. Ich stürme mit der Kugel am Fuß Richtung Strafraum, umdribbel die gegnerischen Abwehrspieler wie Neureuther die Slalomstangen und schiebe den Ball am herausstürzenden Keeper vorbei ins Netz.

Das Stadion bebt, jubelnd laufe ich in die Fankurve, wo die Ultras mit riesigen Kuhglocken den Sieg einläuten, bim bam, bim bam …

„Liebster …“

Irgendjemand rüttelt mich, es ist meine Frau. „Die Glocken", frage ich sie, „hast du sie auch gehört?"

„Ja, aber die Glocken sind Klingeln."
Ich schaue fragend, da präzisiert sie: „An der Tür, es hat geschellt, mein Schatz. Machst du auf?"

Ich wanke zur Tür, tatsächlich, da steht jemand. Dieses Mal der Typ von UPS. „Würden Sie auch was für den Nachbarn annehmen, da macht niemand auf."

So kurz vor Heiligabend will man ja nicht unhöflich sein, also nicke ich, unterschreibe für den Empfang des Päckchens und lege es in die Küche, wo es kaum noch Platz auf dem Tisch findet. Später bemerke ich, wie der Nachbar mit dem Auto heimkommt, ich flitze rasch hinüber, um ihm sein Paket zu bringen. Mich packt die Neugier und ich schüttel es ein wenig, fast meine ich, ein leises Läuten darin zu hören, bim bam, bim bam.

Ich benutze den Türklopfer, mein Nachbar öffnet. „Ich habe ein Paket für euch angenommen", eröffne ich das Gespräch.

„Warum hat der Idiot das denn nicht am ausgemachten Ablageort deponiert?", raunzt mein Nachbar zurück.

Dann wirft er einen Blick auf das Päckchen, dreht sich herum, lässt mich stehen und ruft nach hinten: „Komm her, Frau, dein Paket ist da." Seine Süße kommt herbei und nimmt strahlend den Karton in Empfang.

„Was ist denn drin, dass du dich so freust", will ich wissen.

„Ich habe endlich eine Klingel für unsere Haustür bestellt. Aber nicht so eine normale Schelle, sondern eine, die wie Glocken klingt, bim bam, bim bam."

Sag ich doch.

© Gregor Schürer 2019